KB071059

흰눈이 펑펑 내렸으면 좋겠어요
눈을 보며 펑펑 울어버리게···

I would like to cry
looking at snowflakes covered
all the ground.

조원영 지음

문학공감

흰눈이 펑펑 내렸으면 좋겠어요.
눈을 보며 펑펑 울어버리게…

초판 1쇄   2022년 08월 10일

지은이   조원영
발행인   김재홍
기획   전민교
디자인   현유주
마케팅   이연실

발행처   도서출판지식공감
브랜드   문학공감
등록번호   제2019-000164호
주소   서울특별시 영등포구 경인로82길 3-4 센터플러스 1117호(문래동1가)
전화   02-3141-2700
팩스   02-322-3089
홈페이지   www.bookdaum.com
이메일   bookon@daum.net

가격   14,000원
ISBN   979-11-5622-721-2   03810

문학공감은 도서출판 지식공감의 인문교양 단행본 브랜드입니다.

살면서 한 번쯤은
견디기 힘든 일이 몰려 올 때가 있어요.

.

.

.

당신은
어떻게 하시나요?

– 조원영, 생명의 기호

19세기로 들어서면서 화가들의 관심은 대상의 모방으로부터 내재된 감정의 표현이나 그리는 사람의 주관적 관찰로 옮겨간다. 단순히 눈의 즐거움을 주는 것이 아니라 인간 내면의 정신적 세계를 나타내야 한다고 생각하게 된다.

본인은 인류가 존재하면서 자리를 같이한 나무라는 주제를 사용함으로써 '생명의 시원'을 나타내고자 했다. 그래서 작품에는 나무가 빠지는 법이 없다. 이 나무는 그냥 나무가 아니다. 어떤 상징을 가진 나무로 인식된다.
나무 자체도 어떤 때는 선적인 요소로 사용하는 등 조형적인 요소로 참여한다.

흔히 지구촌이 맞이한 재앙 중 하나로 환경파괴를 손꼽는다. 맞는 말이다. 생태계를 파괴하면 결국 재앙은 인간에게 돌아오는 것은 자명한 이치다.

따라서 비록 추상 작품을 하지만 인류가 직면한 생태 문제를 간과하지 않는다. 나무를 넣는 데는 이처럼 자연을 사랑하는 마음이 깃들어 있다.

또한 화면 내에서 회화성을 구축하고자 자연의 대명사인 나무를 형상화하여 나타내었다.

작품을 보면 우중충한 느낌과 달리 색상이 뚜렷하고, 경쾌한 조형 감각으로 깔끔한 맛을 자아내는 상큼하고 활기 넘치는 추상 회화다.
보잘것없는 물체일지라도 작품 안에서는 어엿한 존재로서 한몫을 차지한다. 그러한 사물들은 이름 없는 존재가 이름을 부여받게 되었을 때처럼, 존재의 전환을 이끌어 낸다. 그런 맥락에서 본인은 보잘것없는 존재에 희망을 붓는 사람이다.

본인은 작품을 통해서 사람들에게 '아름다운 세상'에 관한 비전을 건네주려고 한다.

작가의 노트 중에서...

목차

제1부
봄날의 산책

Symbol of life.Mixed Media on Metal on canvas.22.30F-4

600년 된 나무를 보면
오묘한 자연의 이치를
다시 생각하게 됩니다.
인간은 100년도 살기 힘든데…
나무는 말없이 우리를 지키며
600여 년을 조용히 살아갑니다.
제가 나무를
그림의 주제로 사용하는
이유입니다.

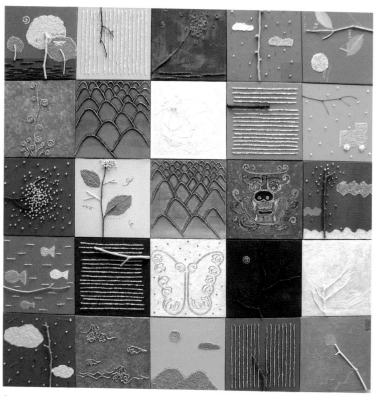

Symbol of life.Mixed Media on Metal on canvas.22.06.137×137-1

<blockquote>
세상사 모든 이야기가 담겨있는,
총 25개 작품이 하모니를 이루는 모자이크 작품입니다.
세상사. 힘들더라도 서로 하모니를 이루는 날 되기 바랍니다.
</blockquote>

봄비가 촉촉이 내리네요.

이 비가 오고 나면

금방 봄이 다가올 것 같아

제 마음도 이미 봄이 온 듯합니다.

비가 와서인지 개나리와 벚꽃은

땅에 꽃잎 양탄자를 깔아놓았네요.

비로 인해 꽃잎들은 떨어졌으나,

비로 인해 새싹들은 시작입니다.

살랑살랑 바람이 불고

새들은 노래합니다.

나는 세월을 따라 걷고

그 세월 속에 영글어 갑니다.

이젠 따뜻한 봄날만

기다리면 될듯합니다.

찬란한 봄을….

Symbol of life.Mixed Media on Metal on canvas.16.10F-5

햇살은 따사로운데
바람은 너무 차네요.
길거리엔 꽃을 파는 사람이
예쁜 꽃과 화분들을
길거리에 잔뜩 풀어 놓았네요.
꽃송이 하나하나 들여다보니
얼었던 맘이 녹아 나는 듯합니다.
아름다움을 본다는 것은
마음의 치유인듯합니다.

들어도 들을 수 없고
잡으려도 잡을 수 없는
산을 흔들고
들을 흔들고
사람의 마음을 흔드는
새봄입니다.
흔들흔들
봄바람과 함께
살포시
흔들리기 바랍니다.

"

떠오르는 둥근 해 주위엔 하늘이 붉게 물들어 있고
한 쌍의 두루미가 서로 마주하며 속삭이네.
봄을 상징하는 유채꽃은 만발하고
흐르는 강물은 세월의 흐름을 나타내듯
하염없이 흐르네…

"

퇴근길엔 너무 피곤해서
지하철 환승하는 것도 잊고
한참이나 지나쳤습니다.
할 수 없이 좀 돌아가지만
또 다른 환승을 선택했습니다.
살다 보면 가야 할 길을 놓칠 수 있으나
그 길을 후회하거나 되돌리기보다
다른 길로 방향을 잡아가는 것도 좋습니다.
인생은 한길만 있는 게 아니니까요.

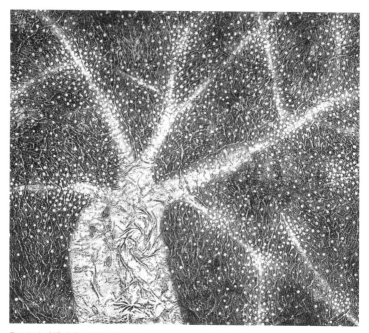

"

흰 눈이 펑펑 내렸으면 좋겠어요
눈을 보며 펑펑 울어버리게…

"

올 들어 처음으로
펑펑 눈을 맞으며
걸은 듯합니다.
흰 눈이 오면 왜 이리
기쁜 마음이 드는지 모르겠어요.
여기저기 나뭇가지엔
흰 꽃이 피고
잠시나마 온 세상이
하얗게 물들었네요.
이렇듯 사람들 마음도
하얗게 하얗게
물들었으면 좋겠어요.

Symbol of life.Mixed Media on Metal on canvas.15.20F-2

쓸쓸한 가을바람이 부니
거리엔 노랑 은행잎이 뒹굴어
노랑 카펫이 깔려있네요.
가을 공기도 쓸쓸하고
맘도 쓸쓸합니다.
가을은 남자의 계절이라는데
제겐 남성호르몬이 많이 흐르나 봅니다.
하루하루가 눈 깜빡하는 사이에
흘러 흘러
벌써 추석입니다.
지금껏 정신없이 보내다가
잠깐 여유 있는 사이에
장대비가 옵니다.
이 비로 인해
코로나가 싸~아악 날려 갔음 좋겠어요.
내일은 둥근달이 두둥실 떠 있어
가족과 함께 소원성취 빌어보는
하루이길 바랍니다.

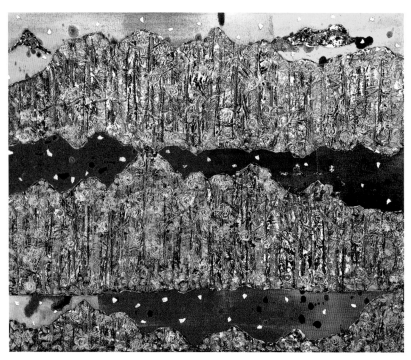

Symbol of life.Mixed Media on Metal on canvas.21.30F-1

봄에는 개나리, 진달래, 목련 등
여러 나무들이 꽃을 피우기 위해
준비하고 있어요.
사람의 마음도 각각의 봄을 기다립니다.
사랑을 꿈꾸는 이에겐 사랑의 봄을…
명예를 꿈꾸는 이에겐 명예의 봄을…
건강을 꿈꾸는 이에겐 건강의 봄을…
금전을 꿈꾸는 이에겐 천금의 봄을…
봄은 희망입니다.

Symbol of life.Mixed Media on Metal on canvas.11.10F-6

갑자기 일상에서 벗어나고파

홀로 여행을 합니다.

비 오는 차창가를 보니

맘이 홀가분하기도 하지만

외롭고 쓸쓸하기도 합니다.

비 오는 차창 밖의 자연과

이어폰에서 들리는 음악이 참 좋아요.

거제도에 도착하니

스님이 반가이 마중 나와 주시네요.

가랑비가 그쳐서 도착하자마자

블루베리 밭으로 가서 스님과 같이 일을 합니다.

저는 어디 가나 일복이 넘쳐요.

블루베리를 수확하는 동안은 무념무상입니다.

맛난 저녁 식사를 마치니 시원스레 밤비가 내립니다.

마스크를 벗어 가랑비를 맞으며 걸으니

흙내음이 좋아요.

마스크가 세상의 냄새를 차단한 듯합니다.

코로나가 세상의 모든 것을 차단하네요.

냄새도 감정도…

Symbol of life.Mixed Media on Metal on canvas.15.20P-2

모처럼 허리가 아프도록
늘어지게 늦잠을 잡니다.
잠을 자는 동안은
시간이 정지되고
생각이 정지되고
삶이 정지되는 듯해서…
전 잠자는 것을 싫어하는데
그래도 한편으론 잠은 보약인 듯합니다.
잠을 자면 생각도 번뇌도 모두 잊으니까요.

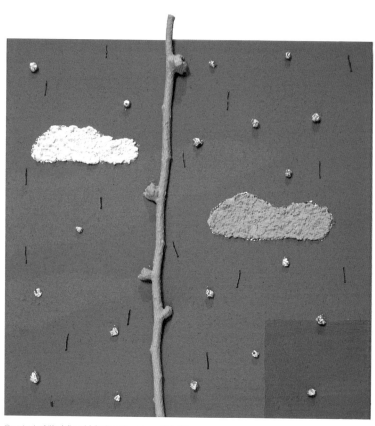

Symbol of life.Mixed Media on canvas.06.5S

비가 온 후의 날씨가 너무 청명하며
요즘 보기 드물게 파아란 하늘에
뭉게구름이 둥실둥실 떠다닙니다.
어릴 적 많이 봐왔던 하늘이라.
그런 뭉게구름을 보면서
잠시 동심으로 돌아갑니다.

파아란 하늘은 파아란 물감을
풀어 놓은 듯 이쁘고..
흰구름 두둥실 떠 있는 하늘은
그림을 그려 놓은 듯이 이쁩니다.
눈에 보이는 자연은
모두 아름다운데…
눈에 보이지 않는 마음은
왜 그렇지 않을까요?

Symbol of life.Mixed Media on Metal on canvas.15,10F-9

신발 속에 들어간
작은 돌멩이가
신경을 건드려
참을 수가 없듯이-
살다 보면 작은 일에
폭발할 때가 있어요.
그럴 땐 하늘 보며
걍~~웃음 짓습니다.

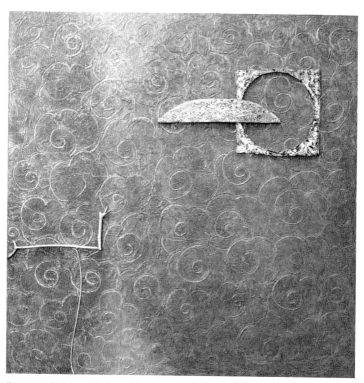

Symbol of life.Mixed Media on Metal on canvas.15.50S-1

피그말리온 효과는 부정하고 비난하기보다
칭찬하고 긍정해서 좋은 결과를 얻는 효과이며
간절히 소원을 빌면 이루어집니다.

울 딸이 초등학교 2학년 때…
버스비를 아껴서
할아버지께 드리기 위해
붕어빵을 샀습니다.
붕어빵이 식을까 봐
자기 품에 꼭 감싸서
마을버스로 4정거장을
걸어갔습니다.
그런데 식을까 봐
가슴에 안고 갔던 붕어빵이
종이봉지에 눌려서
먹기 힘들게 되었죠.
그 사실을 안 할아버지는
종이와 함께 붕어빵을 드셨답니다.
할아버지가 이 세상에서
가장 잘생겼다는 울 딸과
할아버지의 끝없는 손녀 사랑은
아무도 못 말립니다.
붕어빵만 보면
울 아버지와 울 딸이 생각납니다.

Symbol of life.Mixed Media on Metal on canvas.09.20F-3

인류가 존재하면서
같이 존재한 나무를 이용해서
생명의 근원을 표현하고자 했으며
그래서 늘 내 작품엔 나무가 존재합니다.
길가에 의미 없이 버려진 나뭇가지가
제 그림 안에서는
생명을 불어넣어
'존재의 의미'를 부여합니다.
자연은 사람에게 늘~~
좋은 혜택을 줍니다.

Symbol of life.Mixed Media on Metal on canvas.14.46×183-1

"
인생이 수학과 같이 정답이 있는 것이라면
난 예전에 수학자가 되었을 텐데…
"

늦가을,
멀리서 보는 산의 이미지는
칙칙합니다만
가까이서 보는 낙엽은
깊은 가을을 느끼게 하며
분위기가 있습니다.
인생 또한 마찬가지로
멀리서 보는 어르신들은
단지 늙은이로서 보입니다만
그분들 한 분 한 분 얘기를 들어보면
모두 화려한 인생을 사신 분입니다.
우리 인생도 떨어지는 낙엽과도 같아요.

Symbol of life.Mixed Media on Metal on canvas.15.30F-2

벙개로 만난 친구..
그래서 더욱 반가운 친구
토끼 세 마리가 머리를 조아리며 한 수다를 합니다.
그 수다는 목이 아프도록
밤새는 줄 모릅니다.

휴일 아침…
봉사하기 위해 목욕재계하고
기쁜 마음으로 출발합니다.
봉사는 타인을 위함이 아니라
결국 내게로 돌아옵니다.
지구가 둥글고
소우주인 사람의 얼굴이 둥근 것은
모두 빙빙 돌아 결국은
자신에게 돌아온다는
의미가 아닐까 생각해 봅니다.

사람은 혼자서 지내더라도
자신이 누군가에게 도움이 된다고 느끼면
내일에 대한 희망을 가질 수 있으며
살아가는 기쁨과 삶의 의미를
발견할 수 있습니다.

Symbol of life.Mixed Media on Metal on canvas.13.12-1(30×61)

슬플 땐 하늘을 봅니다.
그럼 내 마음도 파아란 하늘과 같이
파랗게 정화되는 듯해요

가을을 느끼기 위해
온 하루를 자연과 함께했습니다.
비온 뒤 늦가을의 하늘은
너무 청명하고
비바람으로 인해
앙상하게 걸려있는 낙엽이
쓸쓸함을 더 합니다.
바람이 많이 부니
낙엽이 눈처럼 휘날리네요.
제 마음도
낙엽처럼…
바람처럼…
구름처럼…
여기저기 휘날리네요.
가을은 바람인가 봐요.

Symbol of life.Mixed Media on Metal on canvas.21.20F-4

해님은 봄볕인데
바람이 차게 부는 봄날에
집 앞 안산에 오릅니다.
모처럼의 등산이라 조금 오르니
힘이 차서 잠깐 쉬어갑니다.
쉬다 보니 양쪽 갈림길에 앉아
어느 쪽으로 갈까 고민합니다.
어느 쪽으로 가느냐에 따라
그 이후의 스케줄이 정해지기 때문이죠.
인생은 늘~ 이렇게
고민하고 결정하는 과정인가 봅니다.

Symbol of life.Mixed Media on Metal on canvas.04,100F-1

담장에 피어있는 빛바랜 장미가
오늘따라 처량해 보입니다.
저 장미도 한땐 그 누군가에게
화사함과 희망을 안겨주었을 텐데…
세월은 돌고 돌고 희망도 돌고 돕니다.

계절의 변화를 느끼는 것도
행복이며
평상시 별일 없이 살아가는 일상도
행복입니다.
우리가 살아가는 하루하루가
행복이고
행복은 우리 곁에 늘~ 존재하네요.
인생에서 일어나는 모든 일에는
다 이유가 있는 법입니다.
바로 자연의 울림이지요.
아름다운 인간의 울림도
퍼져 나가길 바랍니다
행복이 우리 삶 속에서
매 순간 일어나고 있음에
주님께 감사합니다.

Symbol of life.Mixed Media on Metal on canvas.21.20F-3

따끈한 해님과 바람이
살랑살랑 부는 날이면…
대부분의 사람들은
여행하기 좋은 날이라고 합니다만
울 아들은 어렸을 때부터
빨래하기 좋은 날이라고…
빨래를 합니다.
이런 울 아들을 전 무척 사랑합니다.
깨끗이 널어놓은 빨래처럼
뽀송뽀송하고 상쾌한 날 되세요.

앞만 보고 살다가
지칠 때
숨이 찰 때
문득 주위를 둘러보세요.
든든하고 소중한 것은
늘~ 가까이에 있습니다.

그땐 그런 줄 알았습니다.

어렸을 때 골목길에서

아부지 퇴근길을 기다려 같이 퇴근하며

"아부지 저 달은 왜 나만 따라다녀?" 하고 물으면

"울 딸이 이뻐서 그렇지" 하고

쌀쌀한 날씨에 아부지 바지 주머니에

손을 같이 넣어 걸으며 답하시는

아부지의 말이 전 진짜인 줄 알았습니다.

울 아들과 딸이 제 옷 스타일이

맘에 안 든다고 해도

울 아부지는

모두 멋지다고 합니다.

지금도 저와 코드가 잘 맞는

울 아부지는 영원한 내 편입니다.

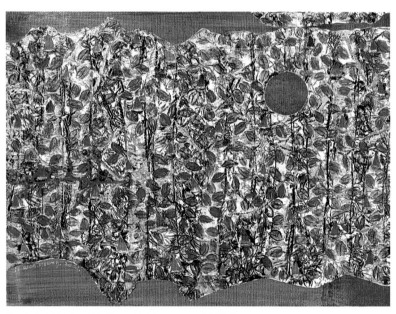

Symbol of life.Mixed Media on Metal on canvas.21.6F-3

사람들이 들고 있는 가방을 보면
그 속엔 무엇이 있을까 생각합니다.
그 가방 속을 보면
그 사람의 생활상
그 사람의 성격
그 사람의 인생을
엿볼 수 있는 듯합니다.
어쩜 가방의 무게만큼이나
그 사람의 인생의 무게가 아닐까 생각합니다.

Symbol of life.Mixed Media on Metal on canvas.15.15(27×65)

지렁이도 밟으면 꿈틀댄다.
나도 꿈틀대고 싶다.

한 달간 추석 할인행사로
단 하루도 쉬지 못하다가
오늘 하루 맘껏 늦잠 잡니다.
차창밖에 비추는 햇살이 너무 좋고,
가을을 느끼고 싶어
어디론가 떠나려고 집을 나서서
가까운 춘천으로 갑니다.
춘천이란 단어만 들어도
옛 추억과 젊음을 느낍니다.
사람 구경…
세상 구경…
바람 구경…
가을 하늘이 너무 푸르고 드높네요.
오늘은 마음도 맑고 푸릅니다.
푸르게 푸르게
둥글게 둥글게
한가위 보내시기 바랍니다.
오늘따라 보름달이 유난히 밝네요.

Symbol of life.Mixed Media on Metal on canvas.19.20F-2

흐르는 강물을 한없이 바라보며
생각에 생각을 해보지만…
인생에 해답은 없네요.
이 또한 흘러가겠죠

삶 자체가 게임이라고 생각하면
지금 겪는 고통이 90%는 줄 것 같아요.
그러나 삶은 현실이기에 녹록하지는 않네요.
그래도 '삶은 게임이다'라고 주문을 외우며
하루를 시작합니다

잃는 것이 있으면 얻는 것이 있는 게
세상의 이치입니다.

Symbol of life.Mixed Media on Metal on canvas.21,20F-1

힐링콘서트란 모임에서

"I believe I can fly"

"사람도 날 수 있다는 것을 믿습니다."라는

주제였는데…,

물이 100도가 되어야

기체가 되어 날 수 있듯이

"인생에서도 100도가 돼라."라는 말이

제 가슴에 와닿았습니다.

전 그동안 열심히 살아왔는데

날 수 없었던 이유는

90도로만 살아서였나 봅니다.

앞으로 100도가 되도록

더욱 노력해야겠습니다.

Symbol of life.Mixed Media on Metal on canvas.21.10F-1

사랑이란 뭘까요?

모임에서 지인이 애인을 데리고 왔는데

너무 행복해하네요.

그들을 보는 저도 행복합니다.

젊고 예쁜 나이는 아니지만,

사랑에는 연령이 없나 봅니다.

나 젊었을 땐 사랑을 아꼈는데…

살다 보니

사랑은 베풀수록 풍요롭고 빛나더라구요

사랑은 소유하는 것이 아니라 나누는 것입니다

인간은 누군가로부터 사랑을 받으면

뇌에서 옥시토신이라는 행복 물질이

평소보다 더 많이 분비된다고 합니다.

옥시토신이 콸콸 분비되는 오늘 되세요.

Symbol of life.Mixed Media on Metal on canvas.15.20P-6

지구의 총생산량 중
인간이 차지하는 비율은
겨우 0.01%입니다.
인간이 지구 생물량의
1만 분의 1밖에 되지 않는다는 사실은
우리가 자연에 얼마나
겸손해야 하는지를 알려 줍니다.

자연의 냄새…
자연의 소리…
자연의 빛깔…
자연은 늘~ 사람의
마음을 움직입니다.
저도 살아있는 동안
사람의 가슴을 울리는
그런 그림을 그리길 소망합니다.

Symbol of life.Mixed Media on Metal on canvas.16.10F-13

초등학교 모임에 나가면
다양한 일을 하는 친구들이 많습니다.
그런 친구들을 보면…
세상사를 보는 듯합니다.
어렸을 땐,
한 방향을 바라보며 생활했던 친구들이
이렇게 다양한 직업군을 가지고
다양하게 살아가고 있네요.
초등학교 땐 알지도 못했던 친구들이지만
그래도 맘은 편하고 좋아요.

인생은 흘러가는 것이 아니라
채워가는 것이고
우리는 하루하루를 보내는 것이 아니라
내가 가진 무엇으로
채워가는 것입니다.

Symbol of life.Mixed Media on Metal on canvas.19.20F-3

창가로 들어오는 햇살에
등이 따끈따끈한데
싫지가 않은 아침입니다.
말복이라 그런가 끈적임도 없이
기분 좋게 하루를 시작합니다.
출근길…
화단에 일개미들이
열심히 먹이를 나르고 있네요.
지구상에는 일을 하지 않고는
살 수가 없나 봐요.
저 개미들은
아무 불만 없이
기계적으로 움직이는데…
난 무슨 불만이 그렇게 많은지
반성해 봅니다.

삶은 고비 인생입니다.
한고비 지나면 또 한고비가 오니까…
고비를 등산 삼아 열심히 넘다 보면 어느새 든든한 인생길이 되겠지요.
자동차 전용도로뿐 아니라
독일의 경제발전의 원천이 된 아우토반 고속도로처럼…

Symbol of life.Mixed Media on Metal on canvas.13.15-1(71×18)

현대인은 자기중심주의에 빠져
타인의 고통을 헤아릴 줄 모르는
나르시시스트가 많은 듯합니다.
자기 행위의 선악에 대한
변별력을 상실하고,
타인의 입장을 이해하지 못하는
자기중심적인 사고에
빠져들어서는 안되겠습니다.

삶의 변화가
모습을 변화시키지만
모습의 변화가
삶을 변화시키기도 합니다.

Symbol of life.Mixed Media on Metal on canvas.16.10S-1

출근길에 아스팔트 틈 사이에
들꽃이 피어있는 걸 보니
생명력이란 대단한 것 같아요.
우리 조상들은 그 끈질긴 생명력을
이름 없는 들꽃이나 넝쿨을 통해 표현했죠.
비록 이름은 없으나
나름대로 자신의 자태를 뽐내는 들꽃을
전 무척 좋아합니다.
무더위가 계속되는 요즘
우리도 조용히 피어나는 들꽃처럼
그러나 강한 생명력으로
살아가길 바랍니다.

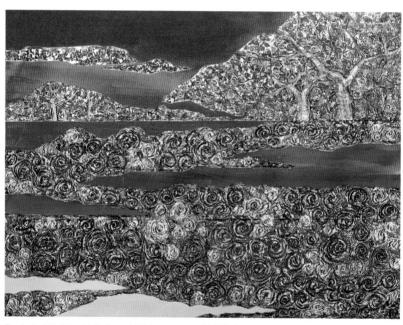

Symbol of life.Mixed Media on Metal on canvas.21.50F-3

살다 보면
현재의 내 판단이 옳은 건지
삶이 불안할 때가 많아요.
확실한 과거는 있는데
확실한 미래는 없네요.
"화가는 이 세상에 없는
창작활동을 하는데
이 세상에 뭐가 힘든 일이 있겠냐고"
제 지인이 저한테 위안을 줍니다.
눈 오는 아침,
확실한 미래와 희망을 꿈꾸며…
지금 자신의 모습을
사랑하는 나날이길 바랍니다.

예술이란 보이는 것을
보여 주는 것이 아니라
보이지 않는 것을
보이도록 하는 것입니다.
그것이 바로 예술입니다.

제2부
행복의 나이테

Symbol of life.Mixed Media on Metal on canvas.10.10F-2

"재물이 부자이면
걱정이 한 짐이요.
마음이 부자이면
행복이 한 짐인 것을
죽을 때 가지고 가는 것은
마음 닦는 것과
복 지은 것뿐이라오"
김수환 추기경의 말씀이
와닿는 오늘입니다.

근심 걱정이 있다는 것은
내가 살아있다는 증거이고
살아 있음에 행복합니다.
범사에 감사하는 하루이길 바랍니다.

불안은 무엇 때문에
생기는 걸까요?
눈에 보이지 않는 마음,
눈에 보이지 않는 시간,
눈에 보이지 않는 신…
눈에 보이지 않는 것이
사람을 힘들게 하네요.

Symbol of life.Mixed Media on Metal on canvas.16.(82×32)

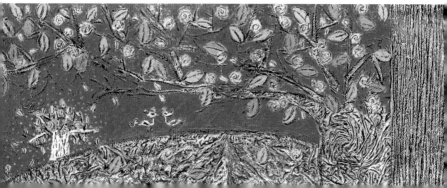

아기들의 걸음마 연습은
귀엽고 희망인데…
나이 들어서 걸음마 연습은
가슴 아프게 합니다.
매장 앞으로 매일 걸음 연습하시는
어르신을 볼 때마다
마음이 아픕니다.
건강은 건강할 때 지켜야 하는데…
잠깐잠깐 망각합니다.
오늘도 건강한 하루 보내세요.

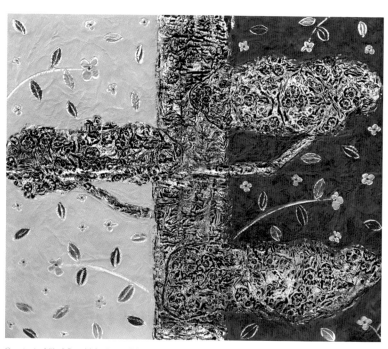

Symbol of life.Mixed Media on Metal on canvas.16.20F-11

노자가 말을 했습니다.
"바다가 골짜기 물의
왕이 되는 것은
가장 낮은 데 있기 때문이다"

살면서 져주는 것이
이기는 거라고 합니다.
잘난 사람은 절대로 나서거나
잘난 척하지 않습니다.
그저 조용히 지켜볼 뿐입니다.

권력, 재력, 인기…
살면서 이 3가지를 갖기란 참 어렵지요.
이 3가지 중에 한 가지라도 확실히 갖는 것도
성공한 삶이 아닐까요?
이 3가지 중에 어느 것을 획득하셨나요?

Symbol of life.Mixed Media on Metal on canvas.16.8F-1

살다 보니 모든 일이 소나기처럼 옵니다.
기쁜 일도 슬픈 일도….

저는 백그라운드가 좋습니다.
늘~ 제 뒤에서 항상 도움을 주시는
부모님이 제 든든한 보호자이죠.
그런데 아버지께선 어느 순간부터
병원에 갈 때마다 저와 같이 가기를
원하시며 제가 아버지의 보호자가 되었죠.
이제는 큰오빠 내외가
그 역할을 합니다만
늘 든든히 뒤에서 지켜봐 주시던
아버지가 이제는 쓸쓸하게 보입니다.
세월이 쓸쓸하기만 합니다

어버이날이라고
거리엔 붉은 카네이션 파는 곳이
여기저기 많네요.
단 오늘뿐 아니라
365일 부모님 생각하면 얼마나 좋을까요.

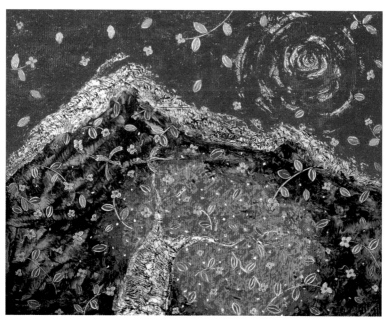
Symbol of life.Mixed Media on Metal on canvas.16.50F-1

키르기스스탄 국립미술관에서 초대를 받아
개인전을 성황리에 잘 마쳤습니다.
제 그림의 독특한 기법에 키르기스스탄에서는
모두들 반응이 아주 좋았습니다.
잡지사, 신문사의 취재를 마치고
대학교 특강과 키르기스스탄의 공중파 방송에
생방송까지 출연하게 되었습니다.
화가로서의 보람을 느끼는 날이었습니다.
제 전시를 끝내고 이스쿨을 가기 위해
6시간쯤 달리니 바다 같은 호수가 널려 있습니다.
이스쿨은 세계에서 두 번째로 큰 호수이고
청정지역입니다. 맑고 깨끗한 호수를 보며
제 마음도 다져 봅니다.
오후 늦게 키르기스스탄의 시골 가정을 방문하여
과분한 대접을 받아 마음이 훈훈합니다.
키르기스스탄의 시골은 아직도 3대가 같이 살아서
예전의 우리 가족상을 그대로 보는 듯합니다
수돗물이 없어서 조금은 불편했지만
이곳 사람들의 훈훈한 인정에 감동받았고
반짝반짝 빛나는 밤하늘을 보니
제 마음도 반짝입니다.

Symbol of life.Mixed Media on Metal on canvas.21.20F-7

점이 반복되면 선이 되고
선들이 이루면 면이 됩니다.
면이 입체가 되듯이
무슨 일이든지 순서가 있습니다.
순서대로 서서히 이루고 있으면
무엇이든지 되어 있겠죠.
하나의 작은 점이 쌓여서 입체가 되듯이,
작은 일을 하나하나 이루다 보면
인생이란 거대한 성이 완성되겠죠.
인생이란 보이지 않게
자기의 거대한 성을 쌓는
과정인가 봅니다.

Symbol of life.Mixed Media on Metal on canvas.15.20P-7

눈에 보이지도 않고
손으로 잡을 수도 없는
세월이 아쉽습니다.
세월이 초기 치매인
아버지의 기억력을
점점 지워 버리네요.
세월은 욕심쟁이입니다.
우리의 청춘과
우리의 추억과
우리의 기억력을
모두 가져가네요. 무심하게…
그래도 세월은 흘러갑니다.

Symbol of life.Mixed Media on Metal on canvas.16.20F-13

행복이란 무엇일까?

돈?

명예?

살면서 최고일 때도

잠깐은 행복했으며

영원하지는 않습니다.

행복이란 무엇일까?

곰곰이 생각해 보니

'적당히 꾸준히'라는

단어가 떠오릅니다.

나 젊었을 땐,

최고가 행복을 준다고 생각했습니다.

그러나 지금 반백 년을 살다 보니

최고보다는—

'적당히 꾸준한' 행복이 더 좋아요.

Symbol of life.Mixed Media on Metal on canvas.16.20F-6

아침에 눈을 떠서
그날 할 일이 있다는 것은
행복입니다. 죽는 날까지
적당한 일과
적당한 스트레스는
삶의 활기를 줍니다.
어차피 하는 일이라면
즐거운 마음으로
최선을 다하길 바랍니다.

힘들어도 내가 살아있기 때문에 힘든 거다.
그러니 내게 오는 모든 시련과 고통마저도
사랑해야지.
내 것이니까…

Symbol of life.Mixed Media on Metal on canvas.22.50F-1

남을 용서한다는 것은
그 사람의 잘못을
인정하는 것이 아닙니다
용서는 잘못을 인정하거나
묵인하는 것도 아닙니다.
용서한다는 것은
그 사람에게서 해방되는 것입니다.
용서한다는 것은
오롯이 나를 위한 것입니다.

살면서 시련이 오는 건
진짜와 가짜를 한 번씩 걸러내라는
하나님이 주신 기회임이 확실합니다.

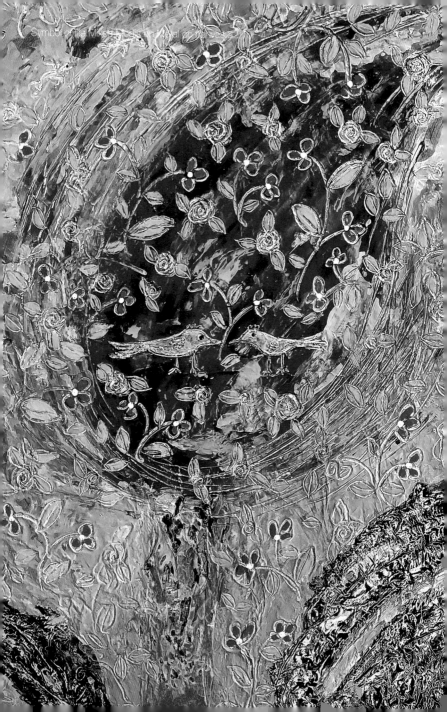

출근길에 새소리가 정겹게 들립니다.
새들은 무슨 즐거운 일이라도 있듯이
지저귑니다.
지저귀는 걸 보니 듣는 저도
행복을 느낍니다.
행복은 전염인 것 같아요.
내가 행복하면
내 주위 사람도 행복을 느끼니…
오늘은 행복 전달자이길 바랍니다.

계절의 변화가 이렇게
자연스레 흐르듯이
우리의 삶의 사이클도
자연스레 흘러갔으면 좋겠어요.
자연은 매년 이렇게
새로운 세상을 안겨주네요.

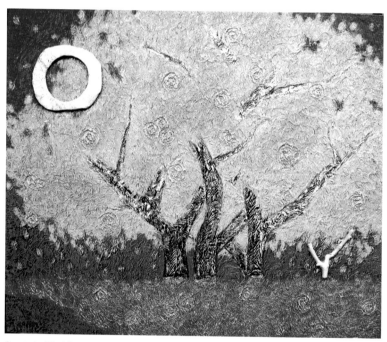

Symbol of life.Mixed Media on Metal on canvas.11.20F-8

욕심을 버리면 행복이 오고
욕심을 부리면 불행이 오는데,
글씨 한 자 차이로
행복과 불행의
정반대 의미가 됩니다.
살다 보면 모든 일에
약간의 차이로
커다란 변화가 옵니다.
사람의 인생은
모두 다르게 보일지라도
행복과 불행이
서로 앞뒤가 뒤섞여서
결국은 평등하게 되는 것 같아요.

Symbol of life.Mixed Media on Metal on canvas.21.20F-1

어렸을 때부터 전 남 앞에서
눈물을 보이면,
큰일 나는 줄 알고
강한 척하며 살았습니다.
남편의 암으로 힘들어할 때도
강한 척 눈물을 보이지 않았고,
아이들 아플 때도
눈물 대신 승질만 냈지요.
요즘은 생각을 달리해 봅니다.
울고 싶을 땐 수도꼭지 틀듯이
콸콸 울어버리고 싶어요.
그러면 카타르시스를 느끼겠죠.

신이 우리에게 주신
가장 큰 두 가지 선물은
'눈물'과 '웃음'이라고 합니다.
눈물에는 치유의 힘이 있고,
웃음에는 건강이 담겨있습니다.

Symbol of life.Mixed Media on Metal on canvas.12.50F-1

살다 보면,
예기치 못했던 곳에서 사람을 만나고
예기치 못한 곳에서 위로를 받고,
예기치 못했던 곳에서 희망을 갖습니다.
어떻게 보면 인생은
이미 짜여진 각본 같기도 합니다.

누군가와 같은 방향으로
같이 걸어줄 사람이 있다는 것.
그것처럼 우리 삶에 따스한 것은 없습니다.

살면서 좋은 인연을
만난다는 것은 소중합니다.
서로를 반짝반짝 빛나게 해주는
그런 소중한 인연이길 소망합니다.

"

현재를 인정하고 전진하며
그 속에서 행복을 찾는 것이
이상적인 삶인데...
자꾸 뒤를 보게 되네요.
앞으로만 고고씽하길 바랍니다.

"

Symbol of life.Mixed Media on Metal on canvas.13.30P-1

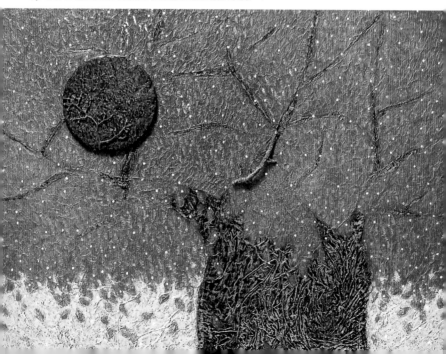

홀로 왔다 홀로 가는 것이
인생이듯이.
나뭇잎도 한해 한해
낙엽이 되어 사라지지만
원 나무는 그대로 살아남아
다음 해 새로운 새싹을
만들기 위해 준비 중이겠죠.
인생사 낙엽과도 같아요.
우리 인생도 한해 한해
버려지듯 흘러가지만
그 흐르는 시간이 헛되지 않고
내년을 위한
준비과정이라 생각됩니다.
나무를 보면 인생과 같아 보입니다.
제가 나무를 좋아하는 이유입니다.

낙엽이 한 잎 두 잎 떨어져 있어
온 거리가 작품 같아요.
떨어지는 낙엽을 보는
우리도 '인간 작품'입니다.

Symbol of life.Mixed Media on Metal on canvas.20.20F-2

약속을 변경하거나 취소한다는 것은
그 순간 그 사람으로부터
2순위로 밀려난 겁니다.
기분이 좋을 리는 없지만
그대로 받아들여 주고 인정할 수밖에…
누구나 1순위가 되고 싶지만
인간 사회가 모두 그렇듯이…
항상 1순위가 될 수는 없습니다.
그래도 오늘은 누구에게나
1순위가 되기를 바랍니다.

사람을 만나다 보면,
철판과 같이 반사되는 사람이 있는가 하면
스펀지와 같이 흡수되는 사람이 있지요.
어떠한 상황이라도
모두 담을 수 있는 그릇이 되고자
노력하는 사람이기를 바랍니다.

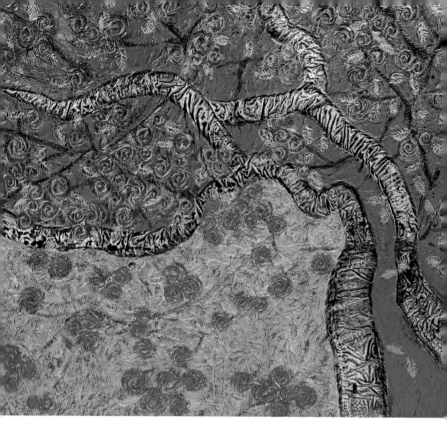

Symbol of life.Mixed Media on Metal on canvas.15.10F-11

> 등산하고 정상에서 누워서 하늘을 보면 나뭇잎 사이로
> 하늘길이 보입니다.
> 몸은 지쳐있지만 기분은 아주 좋아요.

먼지는 굴러굴러
자기들끼리 뭉쳐서
인간에게 해가 되고,
맑은 공기는
서로서로 흩어져서
인간에게 도움이 되지요.
공기와 같이 늘~~
보이지 않게 도움이 되는
사람이 되기를 소망합니다.

꽃이 움 틀 때 에너지를 발산합니다.
단 한 송이의 꽃이 사람의 마음을 행복하게 할 수 있듯이,
제 작품이 윤활유가 되었으면 합니다

Symbol of life.Mixed Media on Metal on canvas.09.30F-1

사랑은

플라토닉, 에로스적. 아가페적 사랑이 있으나

이 작품엔 아가페적 사랑을 표현했습니다.

나무라는 오프제를 사용하여

사람과 신이라는 의미를 부여하였으며

공중에 떠 있음은 신만이 할 수 있음이며

사람은 땅에 서서 무한한 사랑을 받아들입니다.

Symbol of life.Mixed Media on Metal on canvas.15.10F-2

너무 예쁜 꽃다발을
선물 받았는데 향기가 없네요.
꽃이든 사람이든
향기가 없으면 매력이 없지요.
사람에게는 그 사람한테 느껴지는
고유의 향기가 있어요.
본인만의 향기를 꽃피우길 바랍니다.

좋은 생각을 많이 하면
좋은 일이 생긴답니다.

Symbol of life.Mixed Media on Metal on canvas.21.30P-1

66

엄지손가락에 상처를 입으니
생활하는데 소소히 불편하네요.
잃어봐야 그 소중함을 느끼는 것을 보면...
인간은 참 어리석은 것 같아요.
오늘은 열 손가락의 소중함을 느껴봅니다.

99

전.. 밤에 잠이 안 오면
바느질을 합니다.
어젯밤도 바느질을 하며
밤을 꼬박 보냈습니다.
늦은 오후에 커피 한 잔을 했더니..
새벽 늦게까지 잠이 오질 않아
이런저런 생각하며
하루 끝자락을 보냅니다.
커피향에 취해 추억에 취해..
커피 한 잔에 인생 한자락..
커피 한 모금에
한밤을 꼬박 보냅니다.

Symbol of life.Mixed Media on Metal on canvas.22.10F-5

어느 분이 전철 안에서
커피를 마시다가
많은 양의 커피를
바닥에 흘려 불편을 줍니다만
전철 안에 커피향이
가득해서 대단히 좋네요.
바닥에 커피가
여기저기 흘러 다니며
자연스럽게
타시즘적 그림을 그립니다.
누군가의 작은 실수가
다른 사람에게 행복으로
다가왔네요.
남에게 행복을 주면
그 행복은 배가 됩니다.
남에게 행복을 주는
하루이길 소망합니다.

Symbol of life.Mixed Media on Metal on canvas. 11.20F-3

휴일에 미술관에 다녀오며,
캄캄한 밤거리를 걷고 있었다.
밤하늘을 보며 걷는데
달빛에 비친 예쁜 나무가
내 가슴으로 스며들며
내 가슴이 뛰기 시작했다
이럴 땐 언능 집으로 달려가
붓을 들어야 합니다
그 감동이 사라지기 전에…
그동안 잠시 휴식 중이던 그림 작업이
그동안 감각을 잃었는지
뜻대로 되지 않네요.
그래도 죽을 때까지
그림 작업을 할 수 있다는 것이
행복합니다.

손으로 일하는 사람은 노동자다.
손과 뇌로 일하는 사람은 장인이다.
하지만 손과 뇌와 가슴으로
일하는 사람은 예술가다.
예술가로 인정받는 날을 위하여…

Symbol of life.Mixed Media on Metal on canvas.21.10F-10

도자기는 자연적 흙에서
1,300도의 불에 의해
더 이상 흙이 아닌
자기로 변합니다.
1,300도의 온도를 견디어
새로운 자기의 색상과 형태로
변하는 것을 보며…
사람의 삶도 같다고 느껴봅니다.
고통 후엔
더 새로운 삶이 기다리겠죠.
오늘도 '존재의 삶'을
맞이하기를 바랍니다.

살면서…
좋은 인연을 만난다는 것은
큰 행운입니다.
살면서…
소소한 얘기를 나눌 수 있는
사람이 있다는 것은 큰 행복입니다.
살면서…
누구를 만나느냐에 따라
빛이 날 수도 있고
빛을 잃을 수도 있습니다.
모든 사람들이
서로서로 반짝반짝
빛나길 소망합니다

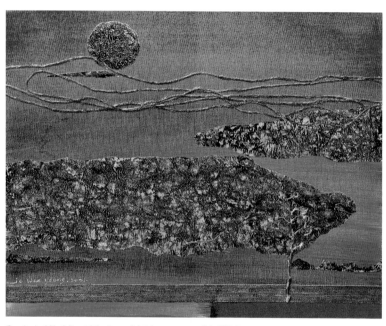

Symbol of life.Mixed Media on Metal on canvas.21.10F-5

실매듭이 꼬여서

아무리 풀려고 해도

풀리지가 않아

사소하게 좀 짜증 나더라구요.

과감히 잘라냈더니

속이 후련하네요.

이것이 바로

인생인 것 같습니다.

좀 짜증 나는 일이 있더라도

포기할 건

빨리 포기하면 후련합니다.

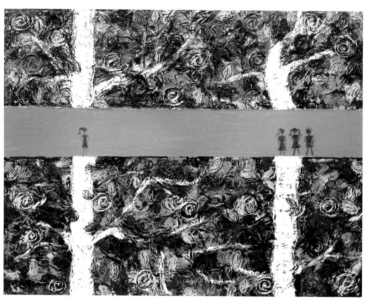

Symbol of life.Mixed Media on Metal on canvas.17.6F-1

제작비를 적게 들여

효과를 많이 본 영화 소공녀…

소공녀를 통해 요즘 젊은이들의

삶의 방황을 그린 영화입니다.

옛 친구들, 추억을 찾아다니며

그들을 통해서 현실 세계를 보여 줍니다.

주인공이 어려운 상황에서도

자존심을 굽히지 않은, 그래서

이 영화가 담백하게 표현된 듯합니다.

어려운 생활에서도

자기가 좋아하는 위스키, 담배, 남자친구는

절대로 포기 못하는 아마 그건

차디찬 현실을 이겨내기 위한

그녀의 삶의 위안인 듯합니다

살면서 누구든지,

이런 삶의 위안 하나쯤은 있을 것입니다.

영화를 보며…

잔잔히 스며드는 외로움은

봄을 맞는 우리 마음 같기도 합니다.

Symbol of life.Mixed Media on Metal on canvas.15.10S-1

대학 졸업을 하기 전에 취업을 했고,
첫 월급을 받아서 지도 교수님께
'작은 선물'을 들고 과 사무실로
인사를 갔습니다.
반가워하시는 교수님과 대화를 했으며
그날 저는 교수님한테
'더 큰 선물'을 받았습니다.
제가 졸업식날 대표로 상을 받을 거라고...
교수님이 시켜준 '해물 순두부찌개'를
기분이 좋아서 먹지도 못했던
기억이 새롭네요.
지금 그 지도 교수님은
이 세상에 안 계시지만
제 마음속엔 아련합니다.

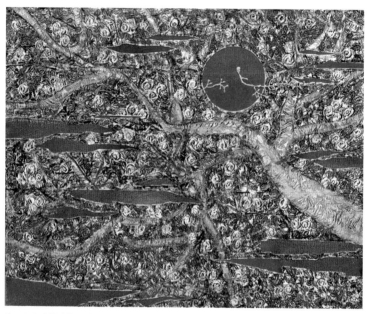

Symbol of life.Mixed Media on Metal on canvas.21.30F-3

나 어렸을 땐…
나이 들면 모두
성숙한 인간이 되는 줄 알았습니다.
나 믿음이 없었을 땐…
교회를 다니면 모두
믿음이 충만한 줄 알았습니다.
그러나 반평생을 살다 보니
나이가 들었다고 모두
성숙한 인간이 아님을 알았고
오랜 기간 교회 다녔다고
진정한 교인이 아니란 걸 알았습니다.
이 세상이 이기적이고
모순덩어리란 걸 알았습니다.
오늘도 모순 없는 세상이길 바랍니다.

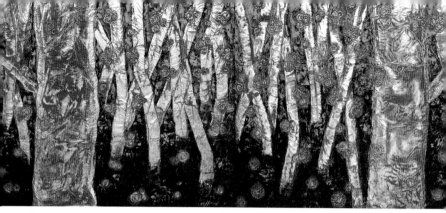

Symbol of life.Mixed Media on Metal on canvas.16.(106×45,5)

눈물의 의미는 무엇일까요?
너무 아파도 눈물이 나고
너무 슬퍼도 눈물이 나고
너무 기뻐도 눈물이 나고
너무 외로워도 눈물이 납니다.
작은 눈물방울이지만
그 속에는
아픔. 슬픔. 기쁨. 외로움의
의미가 모두 들어있어요.

겨울 아침 출근길은 참 외롭습니다.
찬바람이 불어 외롭고
캄캄한 어두움이 외롭고
빙판길이라 외롭고
바람 소리에 더 외롭습니다
외로움이라는 것과
그리움이라는 것은
애초부터 다른 거라네요.
외로움이라는 건
다른 누군가로 인해 채워줄 수 있지만
그리움이라는 건
그 사람이 아니면 안 되는 거라죠.
그런데 전 외로움을 많이 탑니다.
그리움과 외로움이 없는
화려한 날만 되었으면 좋겠어요.

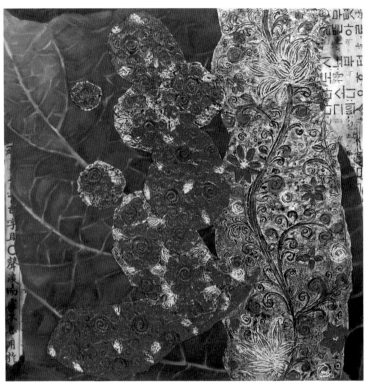

Symbol of life.Mixed Media on Metal on canvas.15.10S-5

꽃집을 지나치는데
꽃향기가 너무 좋아
심호흡하며 잠시 머물러 봅니다.
꽃향기가 행복하게 하네요.
그래도 뭐니 뭐니 해도
사람의 향기가 가장 좋아요.
따사로운 햇살을 받으며
커피 한 잔을 하니
행복이 몰려오네요.
커피 한 잔과 햇빛 한쪽이 주는
소소한 행복을 만끽합니다.
큰 시련을 맛본 사람만이
소소한 행복을 느낄 수 있습니다.

제3부
생활의 추상

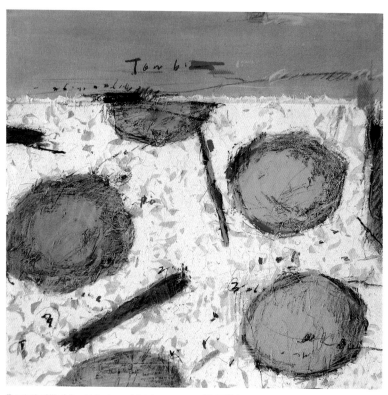

Symbol of life.Mixed Media on Metal on canvas.05.30S-3

슬픔은 주머니 속 깊이 넣어 둔
뾰족한 돌멩이와도 같다.
날카로운 모서리 때문에
자신이 원치 않을 때라도
이따금 그것을 꺼내 보게 될 것이다.
시간이 지나면서
그 돌멩이를 꺼내는 것이 더 쉬워지리라.
전처럼 무섭지도 않으리라.
때로는 낯선 사람에게까지
보여 줄 수 있을 것이다.
어느 날 당신은
그 돌멩이를 꺼내 보고 놀라게 되리라.
그것이 더 이상 상처를 주지 않는다는 걸 알고…
왜냐면
시간이 지나면서
당신의 손길과 눈물로
그 모서리가 둥글어졌을 테니까.

– 작자미상

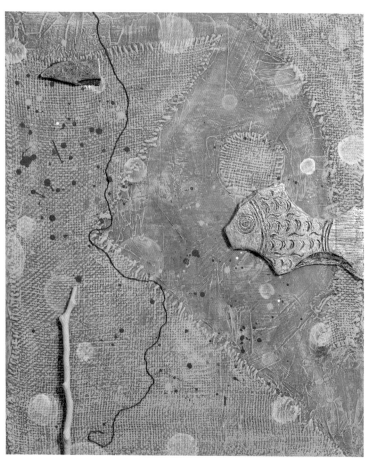

Symbol of life.Mixed Media on Metal on canvas.06.20F-4

말은 실과 같아서
꼬리에 꼬리를 길게 늘어진다.
말을 계속할수록
말이 말이 되어 끝없이 이어진다.
누군가가 그 실을 끊지 않으면
길게 이어지기 때문에
조금 힘들고 억울하더라도
내 선에서 말의 실을 끊어야
그 말의 끝이 된다.
인간 사이에는 이렇게
약간의 희생이 필요합니다.

Symbol of life.Mixed Media on Metal on canvas.15. 100F-2

66

마음의 정화를 위해 교회에서 실시하는
인도네시아 선교활동에 참여하기로 했습니다.
육체노동을 통하여 마음의 평안과
깊은 믿음이 생겼으면 합니다.
13일간 인도네시아 오지에 있는
10여 곳 교회를 다니며 봉사활동을 하며
그로 인해서 남에게 도움되고
나에게는 깨달음이 있기를 기대해 봅니다.

99

시빠빠히 교회는 너무 오지라
2시간여 간이나 비포장도로와
숲속으로 차를 타고 들어가야만 해서
차멀미와 피곤이 몰려왔는데,
아이들과 주민들이 교회에서
우리를 반갑게 맞이하는 순간
모든 피로는 풀리는 듯합니다.

로부삐닝(로빈)교회에서의
캠프를 위해 이동, 100여 명의
아이들이 우리를 맞아줍니다.
너무 반갑게 맞아주는
아이들의 눈망울이 너무 맑습니다.
행사를 마치고도 아이들은
교회에서 집에 갈 생각도 않습니다.
외국인을 잘 보지 못하는
이 아이들은 우리가 너무 이색적이고
반가운가 봅니다.
나도 그들이 반갑고 이쁩니다.

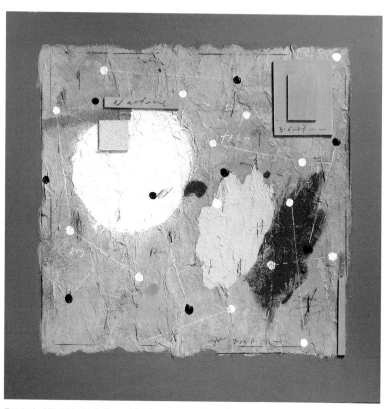

Symbol of life.Mixed Media on Metal on canvas.05.30S-1

녹색 잎들 화단 사이에
노오란 들국화가 뾰족이 나와서
노오란 들국화가 더욱 화사하게
느껴집니다.
그 국화를 보면서 –
주위에 어떤 사람을 만나느냐에 따라
본인의 가치가 달라짐을 느낍니다.

미인이 아니라고
생각하는 사람이라도
웃는 얼굴에서는
최고의 미를 발할 수 있습니다.

옛사람들의 우주에 대한 사유관은
매우 심오합니다.
둥근 것은 하늘의 상징이며
네모진 것은 땅의 상징입니다.
기하학적 모양들을 이용하여
우주의 세계를 상징적으로 표현했으며
땅에서 바라보는 우주의 세계는
푸르름으로 가득합니다.

Symbol of life.Mixed Media on Metal on canvas.06.30F-2

드디어 오늘이 왔네요.

10년 전 남편이 병이 왔을 때

울 아들 입영을 내 신랑 없이

나 혼자 어떻게 바래다주나…

미리 걱정하며 슬퍼한 세월이

흘러 흘러 바로 오늘 아들이

입영을 했습니다.

신랑의 건강도 괜찮아지고

10년 전부터 미리 슬퍼해서인지

오늘 파주1사단에 아들을 내려주고

내신랑과 같이 오는길이

눈물바다는 아니네요.

집에 와서 섭섭한 마음을

아들 방을 정리하며

제 마음도 정리합니다.

잡념이 많을 땐 전념을 하면

마음이 편해집니다.

1년 8개월 동안 대한의 아들로

무사히 잘 다녀오기를 기도합니다.

Symbol of life.Mixed Media on Metal on canvas.05.4F-3

마음이 울적할 땐
사람들 많은 시장에 가서
구경하는 것을 저는 좋아합니다.
사람들 살아가는 모습을 보면
저도 살아 있다는 느낌을 받으니까…
가을바람 받으며 사람 구경을
맘껏 해서 기분이 좋았는데
그 시장 사람들이 제게
'예쁜 아가씨'라고들 해서
더욱 기분이 업 되었습니다.
요즘 들어 여러 분야의
많은 사람을 만나게 되는데
만나면 기분이 좋아지는
사람이 있는가 하면…
불편한 사람도 있지요.
저는…
생각만 해도 기분 좋아지는
사람이면 좋겠어요.
여러분도 그런 사람이길 바랍니다.

Symbol of life.Mixed Media on Metal on canvas.06.100F-1

추상이란
사물의 본질과 인간 내면세계를
표현한 것입니다
제 작품은 오브제를 붙여
표현을 부각했고
공간의 배치에 중점을 뒀습니다.
두터운 마티에르를 표현하면서
물감을 자연스럽게 흘리고
우연적 효과를 나타내어
추상표현주의를 표현한 것입니다.
예로부터 우리 조상들은
실을 생명의 끈으로 인식하여
돌 때 실을 잡으면
오래 산다고 했지요.
실은 생명의 선으로 표현했습니다.

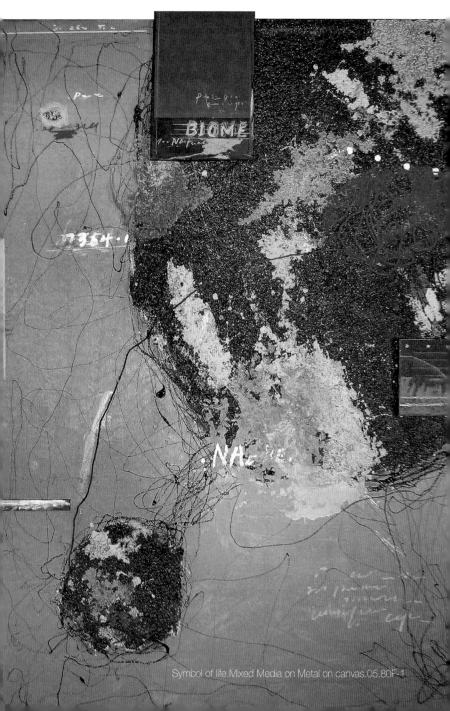

BIOME

7354·1

.NA.

나는 배울 만큼 배웠어.
'이 나이에 뭐 할 것이 있어?'라고
생각하는 것이
미국 의학협회에서 정의한
노인의 기준이랍니다.
나이 듦은 숫자가 아니라
마음입니다.
나이가 들수록
우리는 하나하나
버리는 연습을 해야 합니다.
가슴 아프고 아쉽지만
그동안 너무 많은 것을
누리고 살았으니
이젠 비워야지요.
그런데…
비우려고 해도
자꾸자꾸 채워지는 건
욕심 때문일까요?

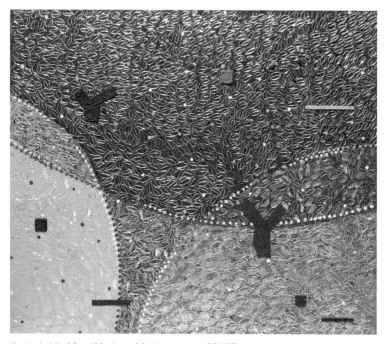

Symbol of life.Mixed Media on Metal on canvas.07.10F-4

오늘은 매미 소리가 귀를 자극하며
한여름임을 알리네요.
매미는 땅속에서 7년 동안 준비한 후
2주 동안 짧은 생을 마감합니다.
그래서인지 매미 소리가
더욱더 애절하게 느껴지네요.
내가 저렇게 온몸을 바쳐 인생을 살았나…
반성해 봅니다.

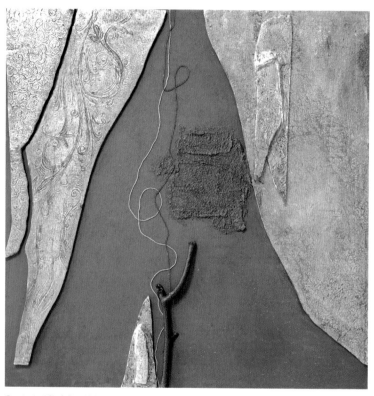

Symbol of life.Mixed Media on Metal on canvas.06.50S-1

이 작품은 타시즘(tachisme)적 성향이 진합니다.

타시즘이란 물감의 튀김 · 번짐 · 흘림 등

마티에르의 우연한 효과이며

앵포르멜(informel)이나 유럽의 추상표현주의

소위 뜨거운 추상을 가리켜서 사용됩니다..

이 그림은 왠지 흑백사진을 연상케 하는 그림입니다.

전체적으로 금속의 재료와 잘 어울리는

회색 톤으로 표현하였으며 금속성을 부각되게 하면서

상감기법과 같이 파내는 기법을 사용하여

표현하였습니다.

오른쪽의 문양을 넣은 오브제(Object)는

이 그림에 생명을 불어넣는 역할을 하며

변화와 강조를 쾌한 것입니다.

길게 흐르는 회색의 실은

하나의 생명의 선으로 표현하였으며

밑의 나무줄기는

또 다른 생명체의 시작과 희망을 암시하고 있습니다.

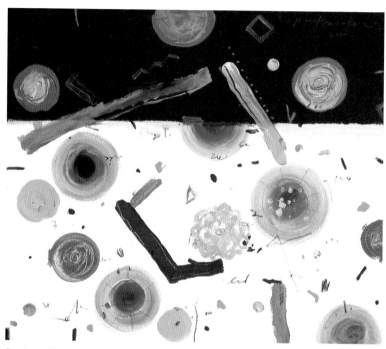

Symbol of life.Mixed Media on Metal on canvas.05,10P-2

똑똑똑!
방문 노크 소리에
잠에서 깨어나
문을 열어보니
캄캄한 새벽에
흰 눈이 내립니다.
눈이 녹아 물방울
떨어지는 소리가
저를 깨운듯합니다.
창밖으로 보이는 거리엔
뭐가 그리도 바쁜지
차들이 쌩쌩 다니네요.
흰 눈이 펑펑 내려
온 세상과 온 사람들의 마음이
새하얗게 되었으면 좋겠어요.

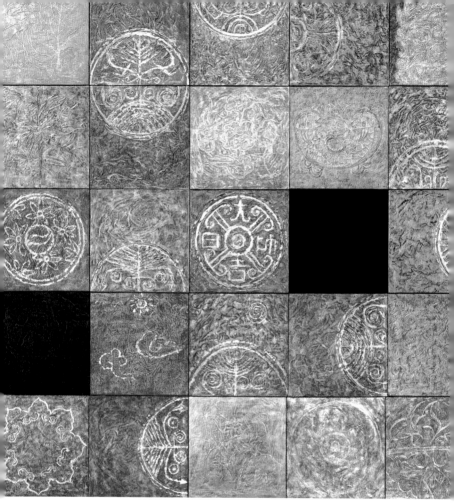

Symbol of life.Mixed Media on Metal on canvas.06.137×137